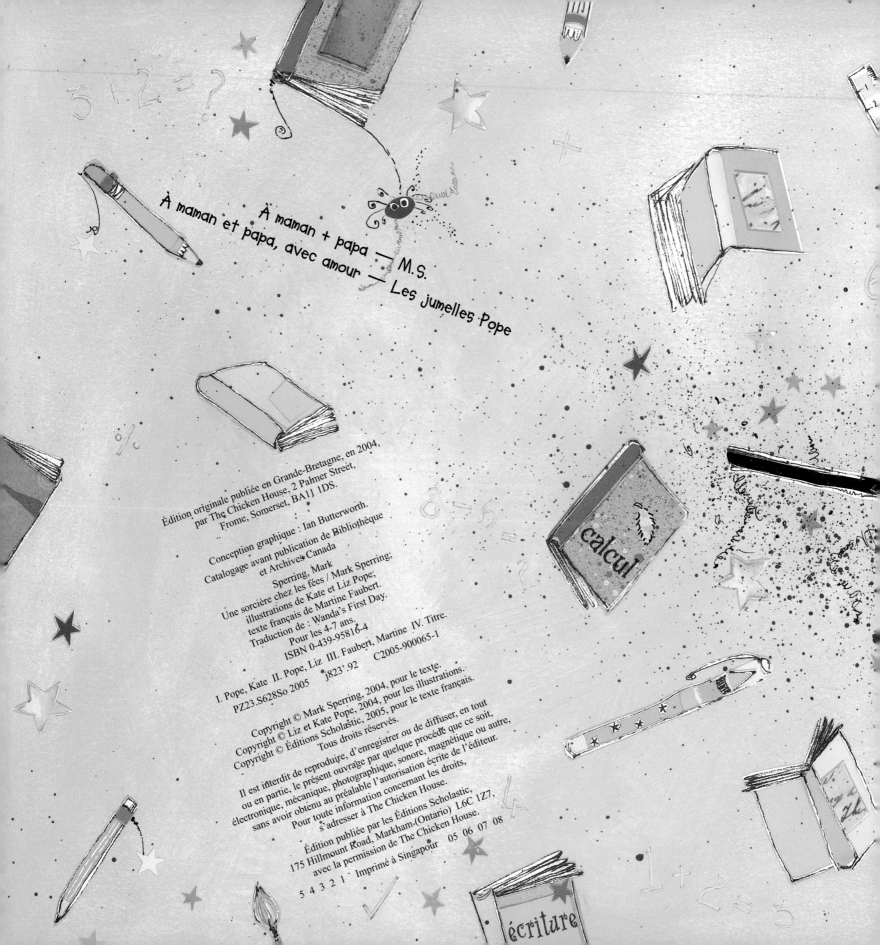

À maman + papa — M.S.

À maman et papa, avec amour — Les jumelles Pope

Édition originale publiée en Grande-Bretagne, en 2004,
par The Chicken House, 2 Palmer Street,
Frome, Somerset, BA11 1DS.

Conception graphique : Ian Butterworth.

Catalogage avant publication de Bibliothèque
et Archives Canada

Sperring, Mark
Une sorcière chez les fées / Mark Sperring;
illustrations de Kate et Liz Pope;
texte français de Martine Faubert.
Traduction de : Wanda's First Day.
Pour les 4-7 ans.
ISBN 0-439-95816-4

I. Pope, Kate II. Pope, Liz III. Faubert, Martine IV. Titre.
PZ23.S628So 2005   j823'.92   C2005-900065-1

Édition publiée par les Éditions Scholastic,
175 Hillmount Road, Markham (Ontario) L6C 1Z7,
avec la permission de The Chicken House.

5 4 3 2 1   Imprimé à Singapour   05 06 07 08

Une sorcière chez les fées

Texte de Mark Sperring

Illustrations de Kate et Liz Pope

Texte français d'Hélène Pilotto

Éditions
SCHOLASTIC

Pour le premier jour d'école de Zozéfine, sa maman lui prépare un super lunch. Il y a des sandwichs aux tentacules de pieuvre, de la limonade à l'haleine de lézard et du délicieux yogourt aux œufs de grenouilles et aux queues de rats.

— Tâche d'être vilaine à l'école, mais pas trop, tout de même, lui rappelle sa maman à l'heure du départ.

— Promis, répond Zozéfine.

En route vers l'école, Zozéfine se sent bizarre. D'un côté, elle aurait envie de rester à la maison avec sa maman, mais de l'autre, elle pense que ce sera amusant d'aller en classe et de se faire de nouveaux amis.

sonnez ici

Rue de l'école

POSTE

Arrivée à l'école, Zozéfine s'assoit à sa place et regarde autour d'elle. Elle ne peut s'empêcher de penser que quelque chose ne va pas.

— Excusez-moi,
mademoiselle Dodeline...
commence Zozéfine.

— Qu'y a-t-il, ma chérie?
demande l'enseignante.

Zozéfine lui chuchote
à l'oreille :

— Je crois qu'il y a une
erreur. Je ne suis pas
dans la bonne classe.

— Mais non, répond
mademoiselle Dodeline.
Tout le monde se sent
un peu bizarre le jour
de la rentrée.

Cela n'empêche pas Zozéfine de trouver les autres élèves
bien différentes d'elle... et de se sentir
elle-même bien différente des autres élèves!

cour
de récré

À la récréation, une fillette demande à Zozéfine
où est sa baguette magique. Zozéfine se sent
un peu ridicule. Elle n'a qu'un balai.

Quand une autre fillette lui demande où sont ses ailes,
Zozéfine tire une bouteille de potion magique de son sac
et en avale une longue gorgée. Puis...

BABOUM !

Elle a maintenant des ailes,
mais des ailes qui ne ressemblent pas
du tout à celles de ses compagnes.

Plus tard en classe, Zozéfine sort de sa poche
son crapaud Frigo pour le montrer
à Pétale-de-tulipe...

croâ

croâ

magie

tulipe

croâ
croâ

Livre de lecture

Réserve
secrète

...mais mademoiselle Dodeline dit qu'il vaut mieux
laisser les animaux à la maison.

Au dîner, Zozéfine partage son repas avec Peau-de-pêche.
— Mmmm! C'est bon, s'exclame Zozéfine en mordant dans le sandwich de Peau-de-pêche. Veux-tu goûter au mien?

L'après-midi, les élèves font pousser
des fleurs à partir de graines. La plante de Zozéfine
a quelque chose de particulier.

— Zozéfine, peux-tu demander à ta plante de me déposer par terre, lance mademoiselle Dodeline.

Coin des artistes

À la fin de la journée, Zozéfine aperçoit, par la fenêtre, les élèves d'une autre école.

P.-de-tulipe

par P.-de-pêche

Comment faire pousser de jolies fleurs

rose bonbon

— Mademoiselle Dodeline, êtes-vous certaine que je suis à la bonne école, demande Zozéfine.

Mademoiselle Dodeline se dit que Zozéfine n'a peut-être pas aimé sa première journée d'école.

— T'es-tu bien amusée aujourd'hui? lui demande-t-elle.

Zozéfine songe aux délices qu'elle a mangées et à la plante qu'elle a fait pousser, et dit :

— Oh oui, mademoiselle!

— T'es-tu fait de nouvelles amies? demande encore l'enseignante.

Zozéfine pense à Pétale-de-tulipe et à Peau-de-pêche, et sourit.

— Je crois bien que oui, répond-elle.

Pétale-de-tulipe

Peau-de-pêche

super graines

— Alors peut-être n'aimes-tu pas ton enseignante?
demande mademoiselle Dodeline.

Zozéfine rougit et répond qu'elle la trouve formidable.

— Dans ce cas, conclut mademoiselle Dodeline, tu es tout à fait
à ta place ici et nous avons toutes très hâte de te revoir demain.

Chambre de Zozéfine

Le soir, avant de s'endormir,
Zozéfine décide que demain,
elle apportera à mademoiselle Dodeline...

...la plus belle et la plus exquise des surprises!